La sortie du film événement *Le Petit Prince*, adapté du chef-d'œuvre d'Antoine de Saint-Exupéry
et réalisé par Mark Osborne, est l'occasion pour l'éditeur d'éclairer sous un nouveau jour l'œuvre
universelle du *Petit Prince*. La délicatesse de la *stop-motion*, issue du long-métrage, offre
une relecture pleine de poésie au chef-d'œuvre intemporel de la littérature française et internationale.
À travers la technique du papier découpé et animé, petits et grands pourront s'approprier
l'histoire du petit prince et découvrir qu'« on ne voit bien qu'avec le cœur ».

Texte adapté par Vanessa Rubio-Barreau
Conception graphique de l'ouvrage : Karine Benoit

Loi n° 49-956 du 16 juillet 1949 sur les publications destinées à la jeunesse
ISBN : 978-2-07-066793-2
N° d'édition : 329221
Premier dépôt légal : juin 2015
Dépôt légal : octobre 2017
Imprimé en France par Pollina - 82423

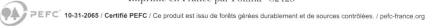

Le Petit Prince

raconté aux enfants
d'après le chef-d'œuvre d'Antoine de SAINT-EXUPÉRY

GALLIMARD JEUNESSE

J'ai abandonné, à l'âge de six ans, une magnifique carrière de peintre. J'ai dû choisir un autre métier et j'ai appris à piloter des avions. J'ai ainsi vécu seul, sans personne avec qui parler, jusqu'à une panne dans le désert du Sahara, il y a six ans. Quelque chose s'était cassé dans mon moteur. Le premier soir je me suis endormi sur le sable à mille milles de toute terre habitée. Alors vous imaginez ma surprise, au lever du jour, quand une drôle de petite voix m'a réveillé. Elle disait :

– S'il vous plaît… dessine-moi un mouton !

– Hein !

– Dessine-moi un mouton…

J'ai sauté sur mes pieds comme si j'avais été frappé par la foudre. J'ai frotté mes yeux. Et j'ai vu un petit bonhomme tout à fait extraordinaire qui me considérait gravement. Je lui dis (avec un peu de mauvaise humeur) que je ne savais pas dessiner. Il me répondit :

– Ça ne fait rien. Dessine-moi un mouton.

Alors j'ai dessiné.

Il regarda attentivement, puis :

– Non ! Celui-là est déjà très malade. Fais-en un autre.

Je dessinai encore. Mon ami sourit gentiment :

– Ce n'est pas un mouton, c'est un bélier. Il a des cornes…

Alors je griffonnai un dernier dessin.

– Ça c'est la caisse. Le mouton que tu veux est dedans.

Je fus bien surpris de voir s'illuminer le visage de mon jeune juge :

– C'est tout à fait comme ça que je le voulais ! Crois-tu qu'il faille beaucoup d'herbe à ce mouton ? Parce que chez moi c'est tout petit…
Et c'est ainsi que je fis la connaissance du petit prince. Mais il me fallut longtemps pour comprendre d'où il venait.

J'avais appris une chose très importante : sa planète d'origine était à peine plus grande qu'une maison ! Le petit prince m'interrogea :

– C'est bien vrai, n'est-ce pas, que les moutons mangent les arbustes ?

– Oui. C'est vrai.

– Ah ! Je suis content ! Par conséquent ils mangent aussi les baobabs ?

Car il y avait des graines terribles sur la planète du petit prince… les graines de baobabs. Le sol de la planète en était infesté.

Or un baobab, si l'on s'y prend trop tard, on ne peut jamais plus s'en débarrasser. Il encombre toute la planète. Il la perfore de ses racines. Et si la planète est trop petite, et si les baobabs sont trop nombreux, ils la font éclater.

Le petit prince me demanda avec brusquerie :

– Un mouton, s'il mange les arbustes, il mange aussi les fleurs ?

– Un mouton mange tout ce qu'il rencontre.

– Même les fleurs qui ont des épines ?

– Oui. Même les fleurs qui ont des épines.

– Alors les épines, à quoi servent-elles ?

– Les épines, ça ne sert à rien, c'est de la pure méchanceté de la part des fleurs !

Après un silence il me lança, avec une sorte de rancune :

– Je ne te crois pas ! Et si je connais, moi, une fleur unique au monde, qui n'existe nulle part, sauf dans ma planète ?

Il éclata brusquement en sanglots.

J'appris bien vite à mieux connaître cette fleur. Elle avait germé un jour, d'une graine apportée d'on ne sait où. Le petit prince avait surveillé de très près cette brindille qui ne ressemblait pas aux autres brindilles, mais la fleur n'en finissait pas de se préparer, à l'abri de sa chambre verte. Elle choisissait avec soin ses couleurs. Elle s'habillait lentement, elle ajustait un à un ses pétales. Elle ne voulait pas sortir toute fripée comme les coquelicots. Eh ! oui. Elle était très coquette ! Et puis voici qu'un matin, elle s'était montrée.
– Ah ! je me réveille à peine… Je suis encore toute décoiffée…
Le petit prince, alors, ne put contenir son admiration :
– Que vous êtes belle !

Elle l'avait vite tourmenté par sa vanité. Un jour, elle avait dit au petit prince :

– J'ai horreur des courants d'air. Vous n'auriez pas un paravent ?

« Horreur des courants d'air… ce n'est pas de chance, pour une plante, avait remarqué le petit prince. Cette fleur est bien compliquée… »

– Le soir vous me mettrez sous globe. Il fait très froid chez vous.

Elle avait toussé deux ou trois fois, pour mettre le petit prince dans son tort. Ainsi le petit prince, malgré la bonne volonté de son amour, était devenu très malheureux.

Je crois qu'il profita, pour son évasion, d'une migration d'oiseaux sauvages.

Il passa dans la région des astéroïdes 325, 326, 327…

Il commença donc par les visiter. Le premier était habité par un roi. Mais le petit prince s'étonnait : la planète était minuscule, sur quoi le roi pouvait-il bien régner ?

– Sur tout, répondit le roi, avec une grande simplicité.

Le roi d'un geste discret désigna sa planète, les autres planètes et les étoiles.

– Et les étoiles vous obéissent ?

– Bien sûr, lui dit le roi. Elles obéissent aussitôt. Je ne tolère pas l'indiscipline.

Un tel pouvoir émerveilla le petit prince. Il s'enhardit :

– Je voudrais voir un coucher de soleil… Ordonnez au soleil de se coucher…

– Ton coucher de soleil, tu l'auras. Je l'exigerai, lui répondit le roi. Ce sera, vers… vers… ce sera ce soir vers sept heures quarante ! Et tu verras comme je suis bien obéi.

La seconde planète était habitée par un vaniteux:

– Ah! Ah! Voilà un admirateur! s'écria de loin le vaniteux dès qu'il aperçut le petit prince.

Car, pour les vaniteux, les autres hommes sont des admirateurs.

– Est-ce que tu m'admires vraiment beaucoup? demanda-t-il au petit prince.

– Qu'est-ce que signifie «admirer»?

– «Admirer» signifie «reconnaître que je suis l'homme le plus beau, le mieux habillé, le plus riche et le plus intelligent de la planète».

– Mais tu es seul sur ta planète!

Et le petit prince s'en fut. «Les grandes personnes sont décidément bien bizarres», se dit-il durant son voyage.

La planète suivante était celle du businessman. Il était si occupé qu'il ne leva même pas la tête à l'arrivée du petit prince.

– Trois et deux font cinq. Bonjour. Vingt-deux et six vingt-huit. Ouf ! Ça fait donc cinq cent un millions six cent vingt-deux mille sept cent trente et un.

– Cinq cents millions de quoi ?

– Millions de ces petites choses que l'on voit quelquefois dans le ciel.

– Des mouches ?

– Mais non. Des petites choses dorées qui font rêvasser les fainéants.

– Ah ! des étoiles ? Et que fais-tu de cinq cents millions d'étoiles ?

– Rien. Je les possède.

– Et qu'en fais-tu ?

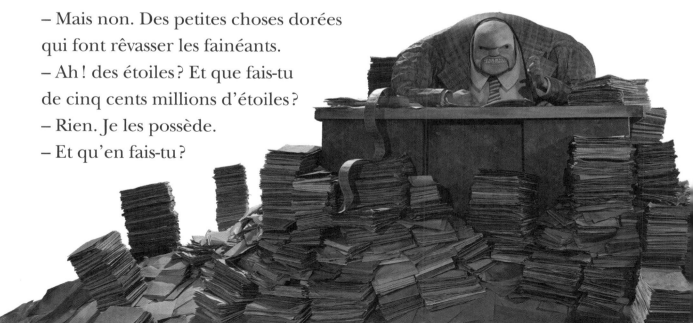

– Je les compte et je les recompte, dit le businessman.

– Moi, dit le petit prince, je possède une fleur que j'arrose tous les jours. C'est utile à ma fleur, que je la possède. Mais tu n'es pas utile aux étoiles…

Et il s'en fut.

Le petit prince, une fois sur la Terre, fut bien surpris de ne voir personne. Ayant longtemps marché à travers les sables, les rocs et les neiges, il découvrit un jardin fleuri de roses.

– Bonjour, dirent les roses.

Le petit prince les regarda. Elles ressemblaient toutes à sa fleur. Il se sentit très malheureux. Sa fleur lui avait raconté qu'elle était seule de son espèce dans l'univers. Et voici qu'il en était cinq mille, toutes semblables, dans un seul jardin !

Et, couché dans l'herbe, il pleura.

C'est alors qu'apparut le renard :

– Bonjour. Je suis là, dit la voix, sous le pommier…

– Qui es-tu ? dit le petit prince. Tu es bien joli…

– Je suis un renard, dit le renard.

– Viens jouer avec moi, lui proposa le petit prince. Je suis tellement triste…

– Je ne puis pas jouer avec toi, dit le renard. Je ne suis pas apprivoisé.

– Ah ! pardon, fit le petit prince. Qu'est-ce que signifie « apprivoiser » ?

– Ça signifie « créer des liens… », dit le renard. Tu n'es encore pour moi qu'un petit garçon tout semblable à cent mille petits garçons. Et je n'ai pas besoin de toi. Et tu n'as pas besoin de moi non plus. Je ne suis pour toi qu'un renard semblable à cent mille renards. Mais, si tu m'apprivoises, nous aurons besoin l'un

de l'autre. Tu seras pour moi unique au monde. Je serai pour toi unique au monde…

– Je commence à comprendre, dit le petit prince. Il y a une fleur… je crois qu'elle m'a apprivoisé…

Si tu m'apprivoises, ma vie sera comme ensoleillée, dit le renard. Regarde les champs de blé. Je ne mange pas de pain. Le blé pour moi est inutile. Mais tu as des cheveux couleur d'or. Alors ce sera merveilleux quand tu m'auras apprivoisé ! Le blé, qui est doré, me fera souvenir de toi…

Le renard se tut et regarda longtemps le petit prince :

– S'il te plaît… apprivoise-moi ! dit-il.

– Je veux bien, répondit le petit prince, que faut-il faire ?

– Il faut être très patient, répondit le renard. Tu t'assoiras d'abord un peu loin de moi, comme ça, dans l'herbe. Je te regarderai du coin de l'œil et tu ne diras rien. Le langage est source de malentendus. Mais, chaque jour, tu pourras t'asseoir un peu plus près…

Le lendemain revint le petit prince.

– Il eût mieux valu revenir à la même heure, dit le renard. Si tu viens, par exemple, à quatre heures de l'après-midi, dès trois heures je commencerai d'être heureux. Plus l'heure avancera, plus je me sentirai heureux. Mais si tu viens n'importe quand, je ne saurai jamais à quelle heure m'habiller le cœur…

Ainsi, le petit prince apprivoisa le renard. Et quand l'heure du départ fut proche :

– Tu vas pleurer ! dit le petit prince.

– Bien sûr, dit le renard.

– Alors tu n'y gagnes rien !

– J'y gagne, dit le renard, à cause de la couleur du blé. Voici mon secret. Il est très simple : on ne voit bien qu'avec le cœur. L'essentiel est invisible pour les yeux.

– L'essentiel est invisible pour les yeux, répéta le petit prince, afin de se souvenir.

– C'est le temps que tu as perdu pour ta rose qui fait ta rose si importante. Tu deviens responsable pour toujours de ce que tu as apprivoisé. Tu es responsable de ta rose…

Nous en étions au huitième jour de ma panne dans le désert, et j'avais écouté l'histoire en buvant la dernière goutte de ma provision d'eau. Quand nous eûmes marché, des heures, la nuit tomba, et les étoiles commencèrent de s'éclairer. Le petit prince dit:

– Les étoiles sont belles, à cause d'une fleur que l'on ne voit pas… et ce qui embellit le désert, c'est qu'il cache un puits quelque part…

Comme le petit prince s'endormait, je le pris dans mes bras, et me remis en route. Je découvris le puits au lever du jour. Je soulevai le seau jusqu'à ses lèvres. Il but, les yeux fermés. C'était doux comme une fête, comme un cadeau.

– Les hommes de chez toi, dit le petit prince, cultivent cinq mille roses dans un même jardin… et ils n'y trouvent pas ce qu'ils cherchent… Et cependant ce qu'ils cherchent pourrait être trouvé dans une seule rose ou un peu d'eau… Mais les yeux sont aveugles. Il faut chercher avec le cœur.

Il y avait, à côté du puits, une ruine de vieux mur de pierre. Le lendemain, j'aperçus de loin mon petit prince assis là-haut, les jambes pendantes. Et je l'entendis qui parlait :

– Tu as du bon venin ? Tu es sûr de ne pas me faire souffrir long-temps ?

Alors je fis un bond ! C'était un de ces serpents qui vous exécutent en trente secondes. Je parvins au mur juste à temps pour y rece-voir dans les bras mon petit bonhomme de prince, pâle comme la neige. Il me dit :

– Aujourd'hui, je rentre chez moi… J'ai ton mouton. Et j'ai la caisse pour le mouton. Cette nuit, ça fera un an. Mon étoile se trouvera juste au-dessus de l'endroit où je suis tombé l'année dernière… Je vais te faire un cadeau… Quand tu regarderas le ciel, la nuit, puisque j'habiterai dans l'une d'elles, puisque je rirai dans l'une d'elles, alors ce sera pour toi comme si riaient toutes les étoiles. Tu auras, toi, des étoiles qui savent rire. Ce sera comme si je t'avais donné, au lieu d'étoiles, des tas de petits grelots qui savent rire…

Je sais bien qu'il est revenu à sa planète, car, au lever du jour, je n'ai pas retrouvé son corps.
J'aime la nuit écouter les étoiles. C'est comme cinq cents millions de grelots…